Marlis E. Hornig

Babywolf

Marlis E. Hornig

Babywolf

Ein Parson Russell Terrier – unsere Liebe

Namen, Personen und Handlung sind meist frei erfunden oder bisweilen erlebt. Unseren Parson Russell Terrier Asterix gibt es wirklich.

Bibliografische Information der Deutschen Nationalbibliothek:
Die Deutsche Nationalbibliothek verzeichnet diese Publikation in der Deutschen Nationalbibliografie;
detaillierte bibliografische Daten sind im Internet über http://dnb.dnb.de abrufbar.

Idee und Text: Marlis E. Hornig
Fotos: Marlis E. und Kalle Hornig
Weitere Fotos und Infos:
www.familienwolf.beepworld.de

www.ostsee-loft-wolkenlos-wolke7.beepworld.de
www.skipperasterix.beepworld.de
Autorenwebseite:
www.marlishornig.beepworld.de

Herstellung und Verlag: BoD – Books on Demand, Norderstedt
*ISBN: **978-3-7534-4244-0***

Für meine Familie

Man sieht nur mit dem Herzen
gut

Antoine de Saint-Exupéry

Hochzeit — endlich ist es so weit!!
7. März 2005

Eine E-Mail flattert am Nachmittag ins Haus gegenüber dem Siebengebirge. Eine E-Mail aus dem Siebengebirge.

Betreff: Hochzeit Ornella und Ediz

Frau Süß möchte uns mitteilen, dass ihre Parson Russell Terrier-Hündin Vom Ilmtal Ornella heute Little Hunter Ediz die Ehre erwiesen hat. Süß ist der Satz:

„Ich könnte sofort loslaufen und das Baby-Zimmer einrichten."

Aber leider dauert es noch rund 60 Tage. Lange müssen wir im Bauch unserer Hundemami Ornella warten.

Auch für meine künftigen Menscheneltern ist dies sicher eine lange Zeit des Wartens. Nachdem Ende Mai 2004 ihre Naschkatze Anja Minouche über die Regenbogenbrücke gegangen war, sehnten sich Marlis und Kalle nach einem neuen Haustier.

In der Tat, der Tag, als Anja in den Armen ihres Frauchens sanft eingeschlafen war, war ein trauriger Tag. Auf einmal war das Haus leer. Der Garten leer.

Kein Kätzchen, kein Haustier wuselte mehr um die Beine der beiden Einsamen. Sie wünschten sich nun einen kleinen Hund.

Da lernten sie auf einer Fahrradtour in Wachtberg anlässlich eines Jack Russell Rennens nach einem Vielseitigkeits-Wettbewerb von Pferden meinen Papa Little Hunter Ediz kennen. Das war Liebe auf den ersten Blick! Am Rande des Pferdewettkampfs stand Ediz imposant neben seinem Sohn Ernie mit seinem Frauchen. Das war der erste Kontakt. Gleichsam der Beginn meines wunderbaren Lebens.

Mein Name wird sein...

Ariana. Diesen Namen findet mein Frauchen schön, wenn ich eine Hündin bin. Ariana — ein wenig wie die Rakete Ariane, die Trägerrakete, für die mein Frauchen Übersetzungen vom Deutschen ins Französische und umgekehrt im Deutschen Zentrum für Luft- und Raumfahrt – DLR – in Köln anfertigt.
Oder auch Ariane, wie Audrey Hepburn in dem Film „Ariane — Liebe am Nachmittag" heißt. Audrey Hepburn ist nämlich die Liebingsschauspielerin von Marlis, meinem künftigen Frauchen.
Alexander, Archibald, Aristoteles, Aaron, Achilles, Arno, Asterix...
Für männliche Namen gibt es viele Vorschläge und Anregungen. Aber eben noch nicht den einen Wahren! Oder ist der richtige Name schon dabei?

Na ja, ein wenig Zeit haben meine Menscheneltern ja noch.
Asterix — das ist mein Favorit, wenn ich denn ein Rüde bin. Asterix, der Gallier. Ein Kämpfer. Ein Schelm, der viele Abenteuer erlebt und besteht.
Ein Schelm: Viele Leute sagen jetzt schon, ich werde meine Menscheneltern, das heißt Frauchen und

Herrchen auf Trab bringen. Das werden wir dann sehen!

Asterix ist eine Fantasiefigur, soweit mir bekannt ist. Oder ist da noch mehr? Doch ich werde Realität sein!

Mein Tipp:
Wählt einen Namen für Euren Russell oder Euren anderen Hund, der Euch wirklich gefällt. Der Euch schon immer gefallen hat. Einen Namen, der etwas für Euch bedeutet.
Schaut Euch Euer Hundebaby genau an:
Ist es sanft wie ein Lämmchen? Ist es stark wie ein Bär? Ist es wild wie ein Löwe? Sieht es lustig oder eher witzig aus? Wirkt es verschlafen oder eher aktiv? Ist es eigenwillig wie eine Katze?
Natürlich kann sich das noch ändern. Gebt einen passenden Namen.
*In meinem Falle ist das eben **Asterix**. Asterix und nichts weiter! **Asterix voilà!***

Meine Geburt

05.05.05 Was für ein Datum. So ein schönes Datum für eine Russell-Geburt gibt es nur einmal.

Also, an diesem denkwürdigen Tag steigt bei Ornella, unserer Mami, die Körpertemperatur um 1 Grad an. Das bedeutet, dass wir heute auf die Welt kommen. Die Geburt wird am Telefon vom Tierarzt begleitet. Ornella macht das alles sehr gut. Als Erstgebärende. Nacheinander bringt sie fünf gesunde Welpen zur Welt, mit denen der Tierarzt sehr zufrieden ist, als er sie später untersucht.. Drei Rüden und zwei Hündinnen.

Hier die Reihenfolge: Rüde 1, Hündin 1, Rüde 2. Dann eine Pause von 1 ½ Stunden. Danach Hündin 2, Rüde 3. In der Pause leckt unsere Mami die ersten drei Babys sauber.

Dann reinigt sie den Korb und ruht sich ein wenig aus.

Der Kleine mit den schwarzen Abzeichen ganz rechts der bin ich, „Aus dem Siebengebirge Asterix" - ein Parson Russell Terrier, wie er leibt und lebt!

Wie ich später erfahren habe, wurde ich zuletzt geboren, gleichsam als krönender Abschluss des Wurfs. Ich bin also Rüde Nr. 3. Na fein! So war ich am längsten in der Höhle meiner Russell-Mami. Und konnte ordentlich Kraft sammeln. Kraft für mein Leben auf dieser Welt.

Die ersten Tage vergehen. Nun gilt es für uns fünf: Abwehrkräfte sammeln. Viele Menschen wollten einen Welpen aus Ornellas Wurf haben. Die ersten Interessenten sind für den 12. Mai anvisiert. Ich bin total aufgeregt. Werden sie sich für mich entscheiden? Ich habe doch besonders schöne Flecken, Abzeichen genannt, auf dem Körper. Und mein Gesicht ist tricolor wie das meines Papis Ediz und meiner Mami Ornella. Außerdem habe ich auf dem noch kleinen Kopf eine zierliche Blesse wie meine Mami. Einfach charmant!

Nun ist es so weit. Plötzlich betreten zwei Gäste unser Bauernhaus, in dem wir uns alle fünf, das heißt sechs Russells mit Mama Ornella bei Familie Süß installiert und bereits bestens eingelebt haben.

Der Vorgang ist spannend. Zunächst reiben sich die Gäste von der anderen Rheinseite die Hände mit einer Flüssigkeit ein, wohl einem Desinfektionsmittel. Damit wir gesund bleiben. Nun werden wir ganz sacht — ein Russell nach dem anderen — in die Hand genommen. Ich bin auch dran und zeige ganz deutlich mein Gesicht in tricolor und meine schwarzen Flecken auf dem Körper. Die Hand des fremden Frauchens ist total warm und lieb.

Die beiden Gäste schauen uns immer wieder an. Wir sind wohl alle sehr niedlich. Ein gelungener Wurf, wie es heißt.

Da sagt mein künftiges Herrchen:

„Ich habe mich gerade verliebt! Ich weiß, für welchen Russell ich mich entscheide!"

„Das ist genau der kleine Rüde, in den ich mich gestern beim Anschauen der Fotos in Hilkes E-Mail verliebt habe: Rüde 3. Der ist es!", stellt mein künftiges Frauchen fest.

ASTERIX soll sein Name sein.

„Aus dem Siebengebirge Asterix". Das passt doch!, rufen meine künftigen Menscheneltern einstimmig. Ich bin glücklich. Fühle ich doch, dass die beiden lieb sind! Und mir ein schönes Zuhause bereiten werden.

Von da an beginne ich zu träumen. Zu träumen von meinem Leben. Wie wird es wohl sein? Werden alle lieb zu mir sein? Werden mich alle mögen? Werde ich viel Natur um mich herum haben? Viele Bäume, die ich so liebe. Werde ich Spielkameraden und Spielkameradinnen finden? Werden dort Kinder spielen und toben, mit mir Fangen spielen? Wird es einen Ball geben?

Ich bin gespannt auf mein Leben!

Ich stelle mich vor

Mein Profil:

Name:	Aus dem Siebengebirge Asterix
Lieblingsfarbe:	Rot, am liebsten rot-grün kariert - englisches Karomuster
Lieblingssong:	My Way == Frank Sinatra
Lieblingssprache:	Englisch als Jack/Parson Russell Französisch als Gallier Asterix
Lieblingsplatz:	An der Terrassentür im Salon Auf dem weißen Sofa bei Frauchen In meinem Weidenkorb mit rot-grün kariertem Schlummer-Kissen
Lieblingsübung:	Sitz und bleib === fein gemacht === Leckerli Komm === Leckerli In den Korb === dickes Lob Pfötchen === Leckerli
Lieblingsspeise:	Krabben, Kartoffeln, Fisch, Möhren, Eier, Kartoffelpüree
Hobbys:	Ball spielen mit dem roten Ball Herumtollen und Haken schlagen im Garten , Rüden jagen, mit Mädels schmusen

Mein Name ist „Aus dem Siebengebirge Asterix".
Mein Frauchen nennt mich auch „Asti Spumante", weil
ich so prickelnd wie Prosecco bin. Dann heiße ich noch
— insbesondere bei meinem Herrchen — „Wilder
Gallier" nach meinem Namensvetter Asterix. Ihr
wisst schon: Asterix aus dem gleichnamigen Comic.
Da gibt es noch Obelix und Idefix, den Hund von
Asterix. So meinen viele Leute, dass ich eigentlich
Idefix heißen müsste. Aber die nächste Bemerkung
lautet dann:
„Asterix — das passt." Wohl weil ich etwas Lustiges,
Witziges an mir habe. Und weil ich ein wilder
Kämpfer wie Asterix bin.

Warum kommen in meinem Tagebuch bisweilen
englische oder französische Redewendungen vor? Ja,
das ist so: Als Jack/Parson Russell Terrier spreche
ich oder vielmehr belle ich auf Englisch. Als Asterix
dagegen parliere oder belle ich Französisch.

Mein Reisepass:

Erscheinung

Kopf:	Tricolor: Schwarz — Braun — Weiß
	Weiße Blesse auf der Stirn
	Weißes Fell auf der Schnauze rechts
	Braunes Fell an den Seiten
	Augen: Dunkelbraun
	Augenbrauen: Mittelbraun
Körper:	Weiß mit drei schwarzen Abzeichen:
	Ein großer Fleck auf dem Rücken
	Ein Fleck auf der rechten Seite vorne
	Ein Fleck quer über der Rute
	Mit Schwerpunkt auf der linken Seite
	Rute leicht geschwungen

Mein Frauchen meint immer:
„Der Fleck auf der Rute ist der letzte Pinselstrich des Schöpfers an seinem Werk!"

Wofür brauche ich einen Reisepass? Wie der Name schon sagt: zum Reisen. Insbesondere zum Reisen ins Ausland. So waren wir denn mit meinem Reisepass in Frankreich, der Schweiz, Österreich und in Italien. Ich erinnere mich gerne, wie stolz mein Herrchen stets meinen Hunde-Reisepass mit dem schönen Foto von mir zeigte. Auf dem Foto saß ich im rosa Korb, der Naschkatze Anja gehörte. Das ist mein Lieblingsfoto aus meiner Baby-Zeit, sprich Welpen-Zeit.

Reisen ist eine meiner Lieblingsbeschäftigungen. Besonders gern fahre ich im Zug, das heißt mit der Deutschen Bahn.

Da weiß ich nie, wohin mich die Lokomotive führt. Das finde ich total spannend. Auf dem Schoß von meinem Frauchen oder Herrchen kann ich aus dem Fenster schauen. Die Landschaft — Wiesen, Bäume. Sträucher, kleine Dörfer, Schafe, Kühe, Hühner, Städte — fliegt an uns vorbei. An den Haltepunkten sehe ich immer neue Leute auf den Bahnsteigen. Steigen sie ein, oder bringen sie nur eine Person zum Zug, von der sie Abschied nehmen? Und dann die nächste Frage: Kommen die Leute in unser Abteil? Sind sie sympathisch? Mögen sie Hunde? Haben sie vielleicht sogar Leckerlis. So wie der nette Mann von Bofrost im roten Pullover, der jedes Mal, wenn er leckere Sachen für unsere Familie bringt, auch ein Leckerli für mich in der Hosentasche hat. Mal eins, mal zwei...

Während ich, das Frauchen von Asterix, diese Zeilen schreibe, kullern Tränen meine Wangen hinunter:

Tränen der Freude, dass die Zeit so schön war.
Tränen der Dankbarkeit, dass wir all das mit Asterix erleben durften.
Tränen der Traurigkeit, Melancholie, weil nun nichts mehr ist, wie es einmal war..

Traurig, unendlich traurig
Wie viele Tränen werden noch fließen?

Asterix:

„Ich wäre doch so gerne noch bei Euch. Doch meine Kräfte ließen immer mehr nach. Meine Zeit war wohl irgendwann gekommen.. Vielleicht hatte ich auch Sehnsucht nach Lizzy, meiner letzten Liebe, wie ich im „Kuschelwolf" erzählt habe.

Der Weg über die Regenbogenbrücke war irgendwie spannend, seltsam, doch irgendwie auch schön.
Es stimmt: Man gelangt zu einer weiten Wiese. Dort habe ich Naschkatze Anja, meine Halbschwester, kennengelernt, viele Freunde wieder getroffen und schließlich habe ich auch endlich meine letzte Liebe kennengelernt:

Lizzy, meine Internet-Liebe. Mit ihrem schönen Gesicht und ihrer wundervollen Perlenkette ist sie genauso süß wie auf ihrer Facebook-Seite. Und ich bin sehr verliebt.

Im Bauernhaus oder wo ich die ersten 8 Wochen meines Russell-Lebens verbracht habe

Ich, Aus dem Siebengebirge Asterix, habe am 05.05.2005 in einem rosa Korb im Wohnzimmer eines urigen Bauernhauses auf dem Lande gemeinsam mit meinen vier Geschwistern das Licht der Welt erblickt. Herrlich die ersten Lebenswochen im Bauernhaus. Ein Leben wie Gott in Frankreich!

Da waren wir zunächst in einem rosa Korb, als wir noch ganz kleine Babys waren und von unserer Mami Ornella gestillt wurden. Das war total gemütlich und mollig, als wir alle sechs so eng beieinander lagen.

Die zweite Station unseres Russell-Lebens war ein Laufstall im Wohnzimmer. Mit einem Katzenklo davor. Ich war denn auch der erste, der dieses Katzenklo aufsuchte, das natürlich für uns Hunde gedacht war, und nicht für Katzen.

Die dritte Station war schließlich ein Laufstall im Garten auf der Wiese. Ihr seht, es wurde immer toller. Leider konnten wir diesen Laufstall nur bei schönem Wetter aufsuchen. Das war sehr oft der Fall im Sommer 2005. Denn die Sonne strahlte fast jeden Tag. Und wir fünf Babys haben wild herumgetobt!

Dann war da im Bauernhaus noch ein Menschenbaby: die kleine Johanna von sieben Monaten So lernte ich denn auch Babygeschrei, Babyfreude und Babyschimpfen kennen. Schließlich war da noch der Herr Süß, der sich um die schimpfende Johanna kümmerte, als meine neuen Menscheneltern mich besuchen kamen. Manchmal mähte Herr Süß auch den Rasen, so dass ich dieses Geräusch auch kenne. Da gab es noch zwei Hündinnen Lucy und Sami, die ich oft zum Spielen aufforderte.

Alles in allem seht ihr, ich bin in einem optimalen sozialen Umfeld aufgewachsen. Das ist sehr wichtig für mein späteres Sozialverhalten. Für meine soziale Kompetenz, wie man bei Euch Menschen im Berufsleben sagen würde.
So kann ich resümieren, dass ich schon in den ersten acht Wochen das Glück hatte, in einem konstanten, liebevollen Umfeld mit meiner lieben Ziehmama Jeannette, meiner ganz besonders lieben

Hundemami Ornella und meinen zärtlichen Geschwistern aufzuwachsen. Dies war auch sehr gut für meine Bindungsfähigkeit, das heißt, meine Fähigkeit, mich an meine Menscheneltern Marlis und Kalle zu binden, sie in mein Herz zu schließen.

Schön fand ich es auch, dass mein Papa Ediz und seine Ziehmama Hilke uns des Öfteren besucht haben.

So haben die ersten acht Wochen bei Familie Süß den Grundstein dafür gelegt, dass ich zu einem selbstsicheren Burschen geworden bin.

Temperamentvoll, zutraulich, mutig und verspielt — das bin ich!

Mein Tipp:
Sucht Euch eine richtige Familie aus. Ein heiles soziales Umfeld. Dann lernt ihr sämtliche Geräusche kennen. Ich kenne eine Zahnbürste, eine Kaffeemaschine, Deckel, die zu Boden fallen, Hundegebell, Miau, miau von Katzen, Babyjuchzen, Babyschimpfen und, und...

Das ist toll! Mich kann nichts mehr überraschen und schon gar nicht erschüttern!
Insbesondere die frühe Nähe von Babys oder Kindern ist für die spätere soziale Kompetenz eines Hundes wichtig. Genauso wichtig ist es für Kinder, mit Tieren, also zum Beispiel mit einem Hund oder einer Katze, aufzuwachsen.
Wissenschaftliche Studien haben gezeigt, dass Kinder, die mit Tieren leben und sich um sie kümmern, sie versorgen, besonders intelligent sind.

Wann kommen meine neuen Menscheneltern wieder?

21. Mai 2005. Sie kommen. Lang warte ich schon auf diesen Besuch. Und die beiden fahren schweres Geschütz auf: Videokamera, Digitalkamera, Leckerlis, ein Elefant für Johanna. Das bringen meine Menscheneltern in spe alles mit. Wie ich scheinen sie richtige Jäger zu sein. Das passt! Sie sind auf der Jagd nach Fotos, nach Bildern und bewegten Bildern. Nicht nach irgendwelchen Bildern. Nein, nach Bildern von meiner Familie. Und natürlich von mir! Das finde ich als kleiner Hund ungeheuer faszinierend. Ich warte jetzt schon auf den Tag, an dem ich größer bin und wir gemeinsam unseren Videofilm anschauen. Den Film von Asterix aus dem Siebengebirge. Wir sitzen dann zusammen auf dem Sofa. Ich, Asterix, zwischen mein Frauchen und mein Herrchen gekuschelt.
Stille — Muße — vertrautes Zusammensein == eine richtige kleine Familie.
Das alles bei den beiden süßen Menschen oben im Atelier im rosa Haus am Park.
Wie war nun dieser Besuch am Samstag, dem 21. Mai 2005?

Erinnerungsfetzen:

Die Tür geht auf. Stimmen. Das ist nicht die Stimme von Jeannette, auch nicht die von Hilke. Und auch nicht die Stimme von Herrn Süß. Auch die kleine Johanna, Jeannettes Baby, klingt anders.

Wer ist das nun? Obwohl ich beim letzten Besuch meiner künftigen Adoptiveltern noch nicht hören konnte, also die Stimmen nicht wiedererkennen kann, spüre ich, dass dies ein besonderer Besuch ist. Ein Besuch für mich!

Erst lege ich mich auf den Rücken, damit man mich nicht direkt erkennen kann. Damit man meine schwarzen Flecken auf dem Rücken nicht sofort sieht. Das sind nämlich meine Erkennungszeichen. Sie unterscheiden mich total von meinen Geschwistern, die allerhöchstens einen, auch kleineren Fleck auf dem Rücken und dann noch einen am Rutenansatz haben. Am Rutenansatz habe ich auch noch einen Fleck. Irgendwie bin ich ein Schelm. Ein bisschen wie Asterix der Gallier, mein Namensvetter.

Marlis nimmt mich auf den Arm. Das ist neu, ungewohnt. So fiepe ich ganz leise. Obwohl das ein schönes Gefühl ist. Marlis setzt mich wieder zu meiner Mami Ornella und meinen Geschwistern.

Fiepen, Wimmern:
Ich fiepe und wimmere auch, wenn ich gestreichelt werden möchte. Das hat Jeannette festgestellt. Sie schreibt es ein wenig später an meine Menscheneltern in einer E-Mail. Marlis findet das Wort 'fiepen' ganz süß. Es wird bei Rehkitzen verwendet, wenn die Kleinen Laute von sich geben. Man sagt dann: „Das Rehkitz fiept."
Ich bin eben ein Schelm. Mit dem leisen Fiepen möchte ich ganz höflich und sanft auf mich aufmerksam machen.

Noch ein Erinnerungsfetzen: Plötzlich nimmt Jeannette mich aus dem Korb und legt mich in die Hand von Kalle mit den Worten:
„Nehmen Sie den kleinen Asterix in Ihre Hand, streicheln Sie ihn und bauen Sie so eine Beziehung zu Ihrem Tier auf!"
Mein künftiges Herrchen nimmt mich kleine Maus erst in die Hand und dann auf seinen Schoß.
Es ist behaglich und warm auf dem Schoß meines Herrchens in spe.

Mein Tipp:

Liebe Artgenossen,
sucht Euch Adoptiveltern aus, die Euch besuchen, solange Ihr noch bei Eurer Mami und Euren Geschwistern verweilt. Dann könnt Ihr Euch an sie gewöhnen, indem Ihr sie beschnuppert. Beim nächsten Besuch erkennt Ihr sie an ihrem Geruch wieder, der jeweils einmalig ist.

Liebe Adoptiveltern,
kommt Euren Liebling besuchen. Sooft Ihr Zeit findet und Muße habt. Und natürlich, wenn Ihr Sehnsucht habt. Dies, damit Ihr Euch gegenseitig kennenlernen und Nähe zueinander finden könnt.

Die Welpenstube wird eingerichtet

Da gibt es einen schlauen Zettel von Hilke, der Ziehmama meines Papas Ediz, auf dem sie alle Dinge aufgeschrieben hat, die für einen Welpen wichtig sind. Ich hoffe fest, dass ich das alles vorfinde, wenn ich in mein neues Zuhause einziehe. Eigentlich bin ich da guten Mutes. So lieb und fürsorglich, wie meine künftigen Menscheneltern sind.
Also hier nun die schlaue Liste, nach der meine Adoptiveltern vorgegangen sind:

<u>Welpenfutter:</u>   Speziell für kleine Rassen.
Keine Mineralstoffe oder Vitamine zusätzlich.

<u>Kauartikel und Knabbereien:</u>   Nicht unbedingt was vom Schwein, da zu fett.
Lieber mal was vom Strauß.
Zahnpflegestreifen mit Algen.

<u>Fellpflege:</u>   Haar Ex
Elastischer Hundestriegel mit Metallblatt,

wenn der Hund größer ist.

Liegeplatz: Auf Waschbarkeit achten!

Näpfe: Kunststoff tabu
     Edelstahl = leicht + unzerbrechlich!

Transportbox: In der Größe für erwachsenen
     Hund.
     Auch für zu Hause eine große Hilfe!
     (Gitterbox prima, da zusammenlegbar).

Leine: Nach Gefallen, kein Würger ohne
     Stopp, sodass die Luft nicht
     abgeschnürt wird. Zu Beginn Leine
     aus Nylon empfehlenswert.

Mein Tipp:

Fragt Euren Züchter nach der Grundausstattung. Da werdet Ihr sicher gut beraten. Außerdem gibt es natürlich interessante Fachbücher über Hunde sowie über die einzelnen Hunderassen. Und da ist das Thema Ausstattung dann ausführlich behandelt.

Natürlich könnt Ihr später noch das eine oder andere wichtige Utensil ergänzen, wie zum Beispiel Spielzeug. Zumal Euer neuer Freund oder die neue Freundin das Spielzeug sowieso zerbeißt und meist kaputt macht!

Zumindest dann, wenn er oder sie ein Parson/Jack Russell ist wie ich!

Abschied vom Elternhaus
Asterix tapste mitten in unser Herz. Für immer!

06.07.2005

Hurra, nun ist es so weit. Meine neuen Zieheltern Marlis und Kalle sowie ihr Sohn Sven kommen mich abholen. Ich freue mich total. Und als Parson Russell Terrier bin ich sehr anpassungsfähig und gar nicht heikel. Wir Russells gewöhnen uns schnell an unsere neue Umgebung, so heißt es in der einschlägigen Literatur.
Alle sind versammelt. Hilke, das Frauchen von meinem Papa Ediz, ist auch dabei. Ehrensache! Zwei meiner Geschwister wurden bereits abgeholt. Als meine drei neuen Bezugspersonen in die Wohnstube treten, laufe ich schnell noch einmal durchs Zimmer. Denn ich will zeigen, wie gesund und munter ich bin. So in dem Sinne: Ihr werdet Freude an mir haben! Aber auch: Ich werde Euch auf Trab bringen!

Als Dankeschön haben meine neuen Eltern das Tagebuch von Katze Anja, meiner Vorgängerin „NASCHKATZEN LEBEN LÄNGER... " mitgebracht, eins für Jeannette, das andere für Hilke. Beide freuen sich sehr. Dann kommt der Abschied. KleineTränen fließen. Mami Ornella schnuppert noch einmal ganz lieb an mir und gibt mir einen kleinen Abschiedskuss.

Es folgt eine ruhige Autofahrt, während der ich auf Frauchens Schoß sitze. Es ist mollig warm und sehr gemütlich. Und spannend!

Zu Hause angekommen, darf ich zuerst mein neues Heim erkunden. Schnuppernd ziehe ich durch die einzelnen Zimmer. Da ist ja mein Korb! Mein Ausruh- und Schlafplatz! Mit Spielzeug. Wie fein! Auf den ersten Blick entdecke ich, der neugierige Asterix, einen großen Bär, niedliche Schäfchen, Hasen, Rentiere und Püppchen.

Mein Tipp:

Wenn Ihr das erste Mal mit Eurem Welpen oder Eurem Hund in seinem neuen Heim ankommt, lasst dem neuen Mitbewohner Zeit. Zeit, damit er alles beschnuppern kann, damit er sich an die neue Umgebung gewöhnen kann.

Für mich als Dein Frauchen ist es wunderschön und heilsam, mich an Deine Babyzeit, lieber Asterix, erinnern zu können, indem ich unsere besonderen Momente mit Dir aufschreibe.

So als sei es Dein Tagebuch, in dem ich immer und immer wieder gerne lese.

Meine erste Nacht im neuen Heim

Meine erste Nacht im neuen Heim war sehr angenehm. Was man in der ersten Nacht träumt, soll ja in Erfüllung gehen. Also, ich habe von einem süßen Hundemädel geträumt. Mit weißem Fell. Soviel weiß ich noch. Alles war sehr romantisch. Wir haben auf einer grünen Wiese getobt!

Es war schön, die erste Nacht im rosa Haus am Park in der Nähe meiner Eltern zu verbringen. Mit dem Schnuffeltuch – einer Baby-Windel – von Mama Ornella neben mir. Ganz eng: ich denke an meine Mami. In meiner neuen grau-weinroten Transportbox fühle ich mich geborgen. Es ist warm und behaglich.
Ihr könnt Euch sicher vorstellen, dass es nicht leicht für einen kleinen Racker wie mich ist, das erste Mal in meinem bisher kurzen Hundeleben allein zu sein. Allein — das heißt hier ohne meine Mama Ornella und

ohne meine Geschwister Amai, Agathe, Akino und Anton.. Bisher konnte ich mich stets an meine Geschwister kuscheln, wenn ich ein plötzliches Gefühl der Kälte oder der Einsamkeit spürte.

Doch meine neuen Eltern machen mir diese Trennung leicht, indem ich in ihrem Zimmer schlafen darf. So bin ich total beruhigt. Ich glaube, nur einmal in der Nacht habe ich gefiept. Da habe ich wohl an meine Hundemami gedacht und an meine Lieblingsschwester Amai. Dann kommt plötzlich eine liebe Hand auf mich zu und streichelt mich. Mein neues Frauchen. Wie lieb! Wie zärtlich! Beruhigt schlafe ich wieder ein.

Nun weiß ich, dass ich ein liebevolles neues Zuhause gefunden habe.

Ich war auch ganz brav, das heißt, ich habe mein neues Nest nicht beschmutzt. Am frühen Morgen habe ich dann durch Beißen und Fiepen an dem Gitter meiner Box bedeutet, dass ich austreten muss. Meine neuen Eltern haben das sofort verstanden, und mein Herrchen ist direkt mit mir Gassi gegangen.
Seit dieser ersten Nacht schlafe ich sehr gerne in meinem Transportkorb neben dem Bett von meinem Frauchen. Wir drei sind ein duftes Team. Auch in der

Nacht ist es schön, beieinander zu sein. Zu fühlen, dass meine Menscheneltern ganz in der Nähe sind, wie schön! Ein Gefühl tiefer Verbundenheit zwischen Mensch und Tier.

So freue ich mich denn auf jede neue Nacht. In der Nähe meiner Menscheneltern wird die Bindung an meine beiden stärker und intensiver.

Mein Tipp:

Holt Euch eine Transportbox. So wird das Problem der Erziehung zur Sauberkeit vereinfacht. Denn ein Welpe verschmutzt ungern sein eigenes Nest, sein Heim. In diesem Falle seine Transportbox. Das würde ich nur tun, wenn ich unbedingt muss.

Lasst Euren neuen Gefährten in der ersten Zeit in der Transportbox neben Eurem Bett im Schlafzimmer schlafen. Dann ist das Hundebaby beruhigt, wenn es in der Nähe seiner Menschen schlafen darf und nicht allein der dunklen Nacht ausgeliefert ist. Es fühlt sich geborgen und gut aufgehoben. Das weiß ich aus Erfahrung.

Summer in the City oder mein erster Besuch in Bad Godesberg

Heute am Samstag, dem 9. Juli 2005, ist der dritte Tag in meinem neuen Heim.
„Können wir es wagen, mit Asterix ins Städtchen zu fahren?", meint Kalle heute morgen am Frühstückstisch. Vor Freude springe ich in die Luft. Heißt das, wir wollen einen Ausflug machen? Das ist hier die Frage. Auf jeden Fall bin ich dabei! Als kleiner Wildfang bin ich total unternehmungslustig und neugierig auf etwas Neues.
Die Sonne scheint, ich bin ausgeschlafen und zu neuen Abenteuern bereit. An meinen Nachtkorb habe ich mich voll gewöhnt. Ist er doch wie ein Nest für mich mit der weißen, weichen Decke. So bemühe ich mich ernsthaft, dieses Nest sauber zu halten.

Es ist gegen 13.00 Uhr. Jetzt geht's gleich los. Marlis schnappt meine süße Welpen-Leine, auf der „Puppy DOG" steht. Das heißt wohl so etwas wie „Puppenhund" = Babyhund = Welpe. Also auf der Leine „Puppy DOG" sind abwechselnd drei kleine Hunde in Gelb, Rosa und Hellblau abgebildet. Ich für meine

Welpenperson finde diese Leine jedenfalls sehr süß und passend für mich als kleiner Matz, der ich ja noch bin.

Unser Ausflug in die City beginnt mit einer Busfahrt. Das schaukelt! Bisweilen so heftig, dass ich es spüre, obwohl ich auf einem weichen Handtuch auf dem Schoß von Marlis kuschele.

Dann folgt ein spannender Spaziergang durch die Alte Bahnhofstraße in Bad Godesberg. Ich laufe wie auf Eiern. Der Fußboden ist ja hier ganz anders als in unserem Garten und in unserem Drachensteinpark in Mehlem. Irgendwie härter. Und ich werde nicht ständig durch herumfliegende und herumliegende Blätter abgelenkt. Die Ablenkung ist hier eine andere: Menschen! Und noch mehr Menschen!

Ihre Kommentare:
„Ist der süß! Ein Baby-Hund! Wie alt ist er? Wie ist sein Name? Oh, Asterix. Der Name passt toll! So wie die Faust aufs Auge!"

Wieder andere Leute, meist kleine oder mittelgroße Kinder, eher Mädchen als Jungen, fragen ganz vorsichtig:

„Darf ich das Hunde-Baby anfassen?" Das gefällt mir. Die Kinderhände sind so zart und klein, wie ich es noch bin.

„Der Hund ist ja noch ganz klein!" — so denn auch die besonders schlaue Feststellung einiger Passanten. Schließlich die Frage:

„Was wird das?" — „Ein Parson Russell Terrier!"
„Ist der süß!" So schließt sich der Kreis.

Ein junges Mädchen mit großen, dunklen braunen Augen — so braun wie meine Augen sind — flüstert mir ins Ohr: „Ich liebe Dich, ich liebe Dich", und erzählt dazu folgende hübsche Geschichte:

„Vor einiger Zeit habe ich den kleinen Hund meiner Tante gestreichelt und „Ich liebe Dich, ich liebe Dich" geflüstert. Da sagte meine Tante: „Bitte lass das, sonst denkt der kleine Hund noch, er heißt: Ich liebe Dich!" Da müssen wir lachen. Ist das nicht eine süße Geschichte? So etwas kann man nur mit mir, dem verspielten Asterix erleben!

Wir sind dann noch oft nach Bad Godesberg gefahren, und ich habe viele interessante Hunde kennengelernt. Mit Hündin Mike spiele ich stets sehr zärtlich, mit Jack Russell Benny diskutiere ich heftig. Daisy, Jolina, eine kleine französische Bulldogge, Rose von Texas, Divina, Bonnie, Trixy, Maja, ein Jack Russell Terrier-Mix, Zara, ein Terrier, Ricky, Romeo, ein hübscher Cavalier King Charles, Charly, ein Husky, Kaspar, Barnaby, ein junger Spanier, Caesar und Cleopatra — 1000 Namen!

Mein Tipp:

Haltet Euren Hund nicht von der Umwelt fern. Im Gegenteil, nehmt ihn überall hin mit. Fahrt mit ihm Bus, Straßenbahn und Zug. Geht mit ihm in die Stadt. Lasst ihn nach Prüfung der Situation auf fremde Menschen zulaufen. Euer Hund, Gefährte und Freund muss mit Euch in eben dieser Welt leben!

Wir machen eine Radtour —
Going by Bike

Heute am Sonntag, dem 17. Juli, ist ein ganz besonderer Tag. Es geschieht etwas ganz Besonderes. Ich bin total gespannt. Schon gestern stürmte Kalle mit einem kleinen Ungetüm durch das Gartentor. Einem kleinen Ungetüm auf seinem Fahrrad. Schon allein das Fahrrad ist neu für mich, zumal ich mich nicht erinnere, so eine Maschine mit nur zwei Rädern auf dem Bauernhof dort hinter den sieben Bergen gesehen zu haben.

Ja, als kleiner Hund, als Baby-Hund oder kleiner Wolf, wie mein Frauchen mich gerne nennt, entdecke ich jeden Tag etwas Unbekanntes, etwas Neues. Das ist dann ein Highlight, wie Pastor und Hundezüchter Parson Jack Russell gesagt hätte.

Nun heute ist der Tag des Fahrrads, des „Bike", wie der Engländer dieses Vehikel nennt. Also vorne an Herrchens Fahrrad befindet sich seit Samstag ein brauner Rattan-Korb mit einem schwarzen Metallgitter als Verschluss. Ein Korb für mich als Russell. Ich finde durchaus, dass mir Asterix, dem wilden Gallier, so ein schöner Korb auf einem Fahrrad zusteht. Voller Spannung harre ich der Dinge, die da kommen mögen.

Zunächst einmal: herrlicher Sonnenschein. Kein Wölkchen kann unsere gute Laune trüben. Nach einem gemütlichen Frühstück zu dritt herrscht nun Hektik, Geschäftigkeit, Einpacken.
Marlis packt in den schwarzen Metallkorb hinten auf ihrem Fahrrad eine große Flasche Mineralwasser. Wasser ist total wichtig! Für mich und natürlich auch für die Menschen. Also nicht vergessen!
Hurra, hurra: ich freue mich. Denn mein Frauchen Marlis packt auch eine Tüte Leckerbissen in ihren Drahtkorb. Die Tüte mit dem süßen Jack-Russell-Kopf auf der Vorderseite. Ach, wie liebe ich diese Würstchen! Dieser Ausflug kann nur schön werden. In meinen Korb an Herrchens Fahrrad legt Frauchen eine dicke hellblaue, flauschige Wolldecke, damit ich es bequem habe. Das ist die Baby-Wolldecke von Sven.
Rein in den Korb mit mir. Los geht's!
Bevor wir endgültig losfahren, muss ich noch an dem Lederverschluss knabbern. Neugierig, wie ich nun einmal bin, muss ich alles ausprobieren. So, das habe ich getestet und gecheckt. Nun ist mein Korb

geschlossen, und ich kann nicht herausspringen. Wir starten. Etwas wackelig ist die Angelegenheit ja! Aber das bin ich bereits vom Busfahren gewöhnt. Meine beiden Menscheneltern scheinen solche wackeligen Angelegenheiten zu lieben. Fürwahr!

Obwohl ich nun in einem Korb sitze, also etwas versteckt bin und gleichsam „hinter Gittern" sitze, rufen einige Leute: „Schau mal, der kleine Hund! Ein Baby-Hund". „Puppy dog" würde der Engländer sagen.

Als echter Familienwolf, der ich nun einmal sein möchte, bin ich stolz auf diese Komplimente. Wir fahren am Rhein entlang. Weiter, immer weiter. Bis ans Ende der Welt? An der Bastei halten wir, um eine Tasse Cappuccino zu trinken. Auch ich werde nicht vergessen. Für mich gibt's frisches Trinkwasser aus einem riesengroßen, silbergrauen Trinknapf. Hm, hm, lecker und erfrischend nach unserer „Tour de France", vielmehr „Tour de Rhin".

Dann machen wir eine Pause hinter der Bastei. Happy hour — Spielstunde ist angesagt. Ganz plötzlich versammeln sich mehrere Kinder sowie zwei Hunde. Einen Fußball gibt's auch. Und Tor! Kalle ist der Schiedsrichter.

Als Jagdhund jage ich denn schon mal den Ball, wenn keine Füchse da sind. Toller Tag. Und ich bin hundemüde, vielmehr „russellmüde".

Mein Tipp:

Sucht Euch unternehmungslustige Menscheneltern aus. Dann ist Euer Leben immer lebendig und voller neuer und spannender Aktivitäten. Auch wenn Ihr offiziell nicht auf Jagd geht, so seid Ihr doch ständig auf der Jagd. Auf der Jagd nach einem Hausschuh, nach einem Strohhut, der als Dekoration auf der Treppe zur oberen Etage liegt.
Schließlich auf der Jagd nach Futter, von dem Ihr genau wisst, wo es sich befindet. Als schlaue und intelligente Jack/Parson Russells wisst Ihr alles, was für Euer Hundeleben wichtig ist.
Das sind moderne Überlebensstrategien!

Während ich die emotionalen Erlebnisse aufschreibe, die uns mit unserem Asterix geschenkt wurden, finde ich Trost. Trost in meinem tiefen Kummer, in meinem Abschiedsschmerz.

Partir c'est mourir un peu.
 === Gehen ist ein wenig wie Sterben...

Was bleibt, ist die einmalig schöne Erinnerung. Das sind viele Erinnerungen an 365 Tage in 15,5 Jahren. Hinzu kommen die Schalttage 29. Februar alle 4 Jahre.
Das kann uns niemand und nichts nehmen.

Besuch beim Doc

Heute am Montag, dem 25.07.2005, ist die nächste Impfung gegen Tollwut und andere Hundekrankheiten angesagt. Auf geht's zu Tierarzt Dr. Heilmann in Bad Godesberg. Wie wird das sein? Wird das wehtun?
An meine letzte und gleichzeitig erste Impfung kann ich mich nur dunkel erinnern.
War ich doch damals sehr, sehr klein und sehr, sehr 'babyhaft', wie mein Herrchen so passend sagt.

Jedenfalls das Haus vom Doktor ist schon mal schön und einladend: eine dieser imposanten Villen im Jugendstil, also um 1900 erbaut. Weiß, weiß! Die Farbe finde ich sowieso toll! Das Wartezimmer ist auch sehr einladend, zumal ich direkt von einer großen Hündin freundlich begrüßt werde. Naturfarben mit langem Fell, einem lieben Gesicht — das muss wohl ein Golden Retriever sein. „Lulu" heißt die schöne Hundedame. Wo es ihr wehtut, oder ob sie lediglich zum Impfen hier ist, das hat sie mir nicht verraten.

Dann ist da noch eine süße, kleine Katze. Grau getigert mit weißem Bauch und wunderschönen, großen grünen Augen. Marlis sagt, die kleine erinnere sie an ihre Katze Anja Minouche, die vor mir da war und gleichsam meine Halbschwester ist. Bis jetzt hatte ich noch nicht mit Katzen zu tun. Aber ich glaube, ich mag Katzen. Weich und samtig, wie sie aussehen. Diese Katze ist sechs Wochen alt und heißt Maja, wie die Biene Maja. Wie ich, ist sie auf einem Bauernhof aufgewachsen. Nur nicht im Siebengebirge, sondern in Mecklenburg-Vorpommern. Wir haben noch etwas gemeinsam. Auch sie ist zum Impfen in die Tierarzt-Praxis gekommen.

Auf jeden Fall ist das alles sehr interessant. Die Tiere lernen neue Tiere kennen und die Menschen neue Menschen! Mein Frauchen unterhält sich sehr nett mit Majas Frauchen mit der lustigen Mütze, die ich am liebsten schnappen würde... Doch das tut ein gut erzogener Russell nicht oder nur manchmal...

Der Besuch im Sprechzimmer gestaltet sich dann doch aufregender, als ich dachte. Ein sympathischer Doktor mit grau melierten Schläfen begrüßt mich freudig. „Wenn Sie vorher eine Katze hatten, dann ist das der richtige Hund für Sie: Neugierig, lebhaft, nicht immer folgsam, eher seltener — irgendwie ähnelt ein Jack/Parson Russell Terrier einer Katze."

Dann sind da noch zwei junge freundliche Damen, die alles aufschreiben. Zuerst schaut Dr. Heilmann in meine Ohren. Was will er denn dort? Ich höre doch gut. Insbesondere das Rascheln von der Tüte, in der meine Leckerlis sind. Aber in meinem rechten Ohr befindet sich wohl etwas Ohrenschmalz, sodass meine Hundeeltern den Auftrag bekommen, dies in den nächsten drei Tagen mit einem in Öl getränkten Papiertaschentuch zu reinigen. Dann prüft der Tierarzt noch, ob ich ein Herz habe und ob das auch schlägt.

Plötzlich geschieht etwas Unerwartetes. Eine böse Überraschung. Ich höre nur das Wort „Mückenstich". folgt ein Piekser. Oh, das tut weh. So weh, dass ich vom Tisch springe, was ich sonst nicht so schnell wage. Und in die äußerste Ecke des Zimmers laufe, um mich zu verstecken. Marlis nimmt mich auf den Arm und drückt mich ganz lieb. Schon vergessen.

Zum Abschluss bemerkt der Doktor noch einmal:
„Ja, wenn Sie vorher eine Katze hatten, dann ist das der richtige Hund. Denn eine Katze hört beim 200. Mal, ein Jack Russell Terrier beim 198. Mal.
      Der Hund ist so, wie Sie ihn jetzt erziehen.!"

Mein Tipp:

Hört Euch vorher ein wenig um, bevor Ihr einen Doktor, einen Tierarzt für Euren liebsten Freund wählt. Lieb soll er sein, gut soll er sein. Und dann sollte seine Praxis möglichst in der Nähe oder gut erreichbar sein, damit der Weg dorthin nicht zu weit ist und Ihr jederzeit schnell dorthin gehen oder fahren könnt. Oder der Doktor kommt zu Euch.

Eigentlich hört er ja, aber...

Welpen-Spiel- und Erziehungskurs

Montag, 1. August 2005 — heute besuchen Marlis und ich zum ersten Mal die Welpenschule „Happy Dog School" im Oberdorf hinter einem winzigen Wäldchen.
Zuvor haben wir am Telefon erfahren, was wir alles mitbringen möchten.
   Hier die Liste:
  - Leckerlis (für mich an erster Stelle!)
  - Leine
  - Impfpass
  - Bescheinigung über Entwurmung
  - Nummer der Haftpflichtversicherung

Für Marlis wichtig:
  - Sportschuhe (natürlich nicht die neuesten!)
  - praktische, leicht waschbare Kleidung

(kein Seidenblazer! - den ziehen wir sowieso nicht an!), denn wir werden den Übungsplatz nicht so verlassen, wie wir ihn betreten haben.

Der Weg zur „Happy Dog School" ist wohl nicht weit, da wir zu Fuß gehen. Doch für als kleiner Welpe ist der Weg weit. So trägt mich mein Frauchen von Zeit zu Zeit, zumal der Welpenspielkurs ja auch noch anstrengend sein wird.

Hinter dem Wäldchen kommen uns schon andere Hunde – große und kleine – mit ihren Frauchen und Herrchen entgegen. Fröhlich und behände laufen sie links in den kleinen Weg. Das scheint ein erfreuliches Erlebnis zu werden, sonst würden die Hunde nicht so flink laufen. Ich bin mal gespannt und flitze hinterher. Der Weg führt zu einer großen Wiese, umgeben von Bäumen und Sträuchern. Am Rande der Wiese befinden sich einige merkwürdige Geräte. Mal sehen, was sie bedeuten. Neugierig, wie ich bin, bin ich für alles offen.

„Sitz! Komm! Lass es! — das sind die ersten drei Wörter, die ich nicht nur gelernt, sondern auch verinnerlicht habe!

Also wir beginnen mit „Sitz". Das kann ich ja schon. Und mache ich oft. Zum Beispiel, wenn ich vor unserer Glastür sitze und schaue, was Marlis dort im Salon macht. Aber hier soll ich mich setzen, wenn mein Frauchen es will. Na ja, alle machen es. Dann tue ich es eben auch. Insbesondere, da es anschließend ein Leckerli gibt. Ein Stück von den kleinen Würstchen aus der Tüte mit dem Russell drauf. Au fein!

In der Welpenschule habe ich nicht nur „Komm, sitz, bleib und lass es" gelernt, nein ich habe auch Flirten gelernt. Da lief nämlich die süße Pebbles, eine Jack Russell Mix-Hündin, auch durchs Gelände, und wir haben unsere Übungen gerne zusammen gemacht. Das war lustig!
Bei bestimmten Übungseinheiten waren wir besonders mutig und gut. Zum Beispiel beim Toben in einer Wanne mit vielen bunten Bällen. Oder beim Laufen auf einer Trainingsstrecke mit Tunnel, Laufbahn, kleinen Hindernissen usw. Die größeren Hunde, wie Golden Retriever, Labrador, Pudel, waren etwas tolpatschiger und oft weniger mutig.
Ein anderes Mal hatte unsere Lehrerin lauter bunte spitze Hüte oder umgestülpte Tüten aufgebaut. Unsere Aufgabe lautete nun: Im Slalom bis zum Ende laufen. Das fand ich total lustig. Funny!

Als die Kumpels an einem anderen Montag mit mir das „Hase-und-Igel-Spiel" spielen wollten, da habe ich mich einfach in der Röhre auf der Wiese versteckt und gewartet, bis alle großen Hunde vorbeigelaufen waren. Dann war ich an der Reihe: Wild habe ich sie verfolgt; so richtig gejagt habe ich die frechen Kumpels!

Mein Tipp:
Sucht Euch eine Hundeschule in der Nähe. Dann habt Ihr die Chance, einen Eurer neuen Hundefreunde oder Freundinnen zufällig wieder zu treffen. So ging es mir mit Balou, der wirklich ein wenig wie ein lieber, guter Bär aussieht. Direkt am nächsten Tag habe ich ihn im Drachensteinpark wieder gesehen und erneut beschnuppert, das heißt begrüßt. Und wir haben miteinander wild herumgetollt.

Aus lauter Wiedersehensfreude!

Besuch von Mama Ornella
mit Jeannette und Hilke

14.08.05

Heute ist ein wichtiger Tag für mich! Marlis und Kalle haben gestern Kuchen gebacken. Heute decken sie beide den Tisch im Salon. Liebevoll mit einem Tischläufer in Altrosé sowie Leckerlis für Menschen und bunten Servietten mit rosé Vichy-Karo und Früchten: Erdbeeren, Himbeeren, Johannisbeeren.

Wer kommt da wohl zu Besuch? Ich bin total gespannt. Denn Besuche finde ich immer spannend. Da passiert etwas! Ich liebe Action. Spielen, Herumtoben, Verstecken. Das ist meine wilde Seite. Die Seite des wilden Galliers Asterix.

Aber ich mag auch Streicheln, Liebkosen, Schmusen, Kuscheln. Das ist meine sanfte Seite. Die Seite des sanften, lieben Babywolfs.

Geräusche. Da fährt schon ein Auto vor. Gemeinsam mit Herrchen und Frauchen stürme ich aus der

Haustür in den Garten. Zwei Damen und ein Hund. Ein weißer Hund = ein Parson Russell Terrier wie ich mit einem Gesicht in Tricolor. Schnupper, schnupper! Der Duft kommt mir bekannt vor. Das ist..., das ist doch... Dreimal dürft Ihr raten.

Richtig geraten. Das ist meine Mami. Meine Mami Ornella. Sie erkennt mich auch. Mami und ich — wir begrüßen uns stürmisch und zärtlich zugleich. Im Salon angekommen, beginnt Mama Ornella mich zu inspizieren. Aufmerksam putzt sie mich hier und da. Das lasse ich mir gefallen. Ist es doch meine Mama. Vor lauter Wiedersehensfreude toben wir wild herum. Mami weist mich zurecht, indem sie mich auf den Rücken legt und mich beleckt. Oder sie legt mich zur Seite. So, jetzt nicht weiter! Gib Ruhe, kleiner Bursche. Das heißt, Ornella erzieht mich. So wie sie es damals auf dem Bauernhof getan hat. Ich erinnere mich. Jeden Tag hat sie sich den einen oder den anderen von uns fünf Rackern vorgenommen und erzogen.

Dann trinken wir alle gemeinsam Kaffee.

„Der Kuchen ist gut gerührt. Er schmeckt lecker", meint Hilke. Jeannette, die Ziehmama meiner Mami, lässt sich den Kuchen auch munden. Alle sind zufrieden. Ein gelungener Nachmittag. Ich, Aus dem

Siebengebirge Asterix, fühle mich wieder einmal russellwohl!

Obwohl das Wetter nicht so toll ist, machen wir anschließend noch einen kleinen Spaziergang in den Park. Freudig zeige ich Ornella sowie Jeannette und Hilke mein Reich. Sie sind von meiner tollen grünen Umgebung im Garten und im Park begeistert. Wieder ist Herumtollen mit meiner Mama angesagt. Das ist herrlich! Meine Mami ist so lieb und so zart und so hübsch. Ihr Duft erinnert mich an Frühling, an Blumen. Gänseblümchen! Diesen wunderbaren Duft werde ich nie vergessen. Bin ich doch im Frühling geboren.
Schade, dass meine vier Geschwister: Agathe, Amai, Akino und Anton nicht bei uns sind. Wann werde ich meine Schwestern und Brüder wiedersehen?

Lieber Asterix,

während ich, Dein Frauchen, diese Zeilen in Erinnerung an die wunderschöne Babyzeit mit Dir aufschreibe, habe ich Tränen in den Augen. Tränen im Gedenken an Deine liebste Mami Ornella, die leider zwei Jahre nach Deiner Geburt, Opfer eines schrecklichen Verkehrsunfalls wurde.

Das war unendlich traurig...

Papa = Herrchen und Mama = Frauchen und Du, Asterix === wir drei gehörten zusammen... Das war eine Einheit! In guten wie in schlechten Zeiten.

Und jetzt habe ich Tränen in den Augen. In schmerzhafter Erinnerung an Dich, lieber Asterix, der Du uns so viel Glück in unserem Leben geschenkt hast.

Tränen, Tränen, Tränen === unendliche Traurigkeit.

Ein kleiner Trost ist, dass Du vom Himmel aus auf uns aufpasst und irgendwie, irgendwann, irgendwo auf uns wartest..., kleiner Asterix!

Schön, dass es Dich gibt.

In Liebe
Dein Frauchen Marlis

Mein Tipp:

Holt Euren Hund von einem Züchter aus der Nähe, so könnt Ihr Euch gegenseitig besuchen. Das ist informativ und macht Spaß. Eure Menscheneltern können sich ab und zu mit den Züchtern treffen und Gedanken sowie Erfahrungen austauschen, die sie mit uns gemacht haben.

Mein erster Flirt

Irgendwie muss ich in dieser Woche oft an ein süßes Hundemädel denken. An Pebbles aus der Welpenschule. Ich ertappe mich dabei, wie ich abends in meinem gemütlichen Korb vor dem Einschlafen an diese Kleine denken muss. Sie hat so hübsche braune Flecken auf ihrem weißen Fell. Und wenn ich ihr hinterherlaufe, dreht sie sich ein wenig zur Seite und lächelt so charmant.

Ich glaube, ich bin verliebt. Nachts träume ich von der nächsten Spiel- und Lernstunde dort auf der Wiese hinter dem winzigen Wäldchen. Die Zeit vergeht schnell, doch für mich vergeht sie zu langsam. Wann ist wieder Montag? Wie ich diesen Tag liebe! Für mich ist das kein blauer Montag, sondern ein rosa Montag.
Denn — hier spricht der Gallier — „Je vois la vie en rose == ich sehe das Leben durch eine rosarote Brille."

Endlich ist es so weit. Ein grauer Montag. Der Drachenfels im Siebengebirge auf der anderen

Rheinseite ist im Nebel versunken. Es regnet. Und regnet. „It is raining cats and dogs", wie der Engländer so bildhaft sagt. Das heißt wörtlich: Es regnet Katzen und Hunde == es regnet in Strömen. Es regnet so stark, dass man keinen Hund vor die Tür schicken möchte. Werden wir zur Welpenschule gehen? Das ist hier die Frage. Frauchen entscheidet. Denn Frauchen ist der Boss! Und ich bin verliebt!

An der Terrassentür stehe ich und schaue hinaus. Kein Mensch geht im Park spazieren. Kein Hund läuft rum. Der Zeiger auf der großen französischen Uhr *Hôtel Bergamot Paris* bewegt sich viel zu schnell, und der Regen hört nicht auf. Was nun? Werde ich die süße kleine Russellmaus heute nicht wiedersehen? Oder doch? Plötzlich zieht Marlis ihren olivgrünen Parka und ihre hellblauen Sneakers an, greift zum großen pinkfarbenen Schirm und schließlich zu meiner roten Welpenleine mit den weißen Pfoten drauf. Au fein! Ich bin dabei. Voller Ungeduld und stürmischer Freude lasse ich mir mit Mühe und zappelnd mein rotes Halsband umbinden, weil ich total aufgeregt bin.

Wir sind unter den ersten Teilnehmern auf der saftig grünen Wiese. Wo ist die kleine Maus?

Übrigens das kleinste und niedlichste Mädel in dem besagten Welpen-Erziehungskurs. Wann kommt sie? Kommt sie überhaupt bei diesem Wetter? Ist sie vielleicht wasserscheu?

Tausend Fragen, die ich mir stelle.

Da auf einmal flitzen vier zierliche Beinchen um die Ecke. Die kleine Maus! Hinter ihr eine junge Dame, offensichtlich ihr Frauchen. In der letzten Welpen-Erziehungsstunde war das süße Hundemädel mit seinem Herrchen da. Voller Ungestüm laufe ich zu ihr, beschnuppere sie — das heißt, ich begrüße sie. Auch sie beschnuppert mich ganz lieb. Mag sie mich auch ein wenig?

„Verzeih, dass ich Dich so spontan anspreche, obwohl wir uns ja nicht kennen. Du musst wissen: Ich bin kein Mädchenhändler. Willst Du meinen Ausweis sehen? Meine Hundemarke von der Stadt Bonn. Das bedeutet, dass wir als ehrliche Bürger dieser Stadt unsere Hundesteuer zahlen. Und dies pünktlich zweimal im Jahr. Dann kann ich Dir noch meine Tapferkeitsmedaille zeigen. Weil ich so tapfer beim Impfen war, habe ich diese orangefarbene Marke von Dr. Heilmann, dem Tierarzt in der schönen weißen Jugendstilvilla in Bad Godesberg, bekommen.

Schließlich öffne ich noch für Dich — nur für Dich — mein kleines silberfarbenes Röllchen, das ich an meinem Halsband trage. Hier siehst Du, liebe Mitschülerin, meinen Namen *Asterix*, meine Adresse und meine Telefonnummer. Später hat mein Frauchen gelesen, dass es gar nicht so gut ist, diese Angaben bei sich zu tragen, weil ein potentieller Hundedieb dies nutzen könnte. Sinnvoller ist die TASSO-Marke, über die nur ehrliche Menschen Auskunft bekommen.

Du musst wissen, ich heiße mit vollem Namen:
Aus dem Siebengebirge Asterix und wohne am Drachensteinpark. All dies zeige und sage ich Dir, damit Du weißt, dass ich wirklich kein Menschenhändler bin!"

Mit ihren großen, braunen Augen schaut mich die hübsche Jackie an und flüstert mir zu, ganz leise, damit niemand es hören kann:
„Ich bin Pebbles, genannt nach einer Figur in einer Fernsehserie. Ich wohne in Lannesdorf, unweit von hier." Das war unser erstes Wuff-Gespräch!
„Üben, üben, üben!" — das sind wieder die letzten Worte unserer Lehrerin vom Welpenkurs.
„Lernen, lernen, lebenslang lernen!" — das ist meine Devise ab heute!

Ob meine kleine Flirt-Freundin wohl auch eine Devise, ein sogenanntes Leitmotiv hat? Das werde ich sie in der nächsten Spielstunde fragen.

Wie superhundetoll ist es doch, einen Flirt zu haben. Heute in der Welpen-Spielstunde habe ich vieles gelernt. Ich habe gelernt, wie toll es ist, für ein Hundemädel zu schwärmen. Ich habe auch gelernt, wie charmant so ein Mädel sein kann. Dieses Mädel will ich erobern!

Mein Tipp:

Wenn Euch, liebe Hunde und liebe Männer, eine Hündin bzw. eine Frau gut gefällt, dann seid mutig und sprecht sie auf originelle Weise an. Das kann auch aus der Situation heraus geschehen. Zum Beispiel Ihr entdeckt Eure Traumhündin an einem Futternapf, der am Hundestammtisch neben einem Napf voll Wasser steht. So könnt Ihr freundlich bemerken: "Das Hundefutter hier bei Winterhäuser in der Galeria in Bad Godesberg ist ja heute besonders lecker. Schmeckt das immer so gut?"

Wenn Ihr Glück habt, bekommt Ihr eine Antwort!

Ganz allgemein gesagt, ist es natürlich am besten, wenn Ihr, liebe Menschen, mit einem süßen Russell, einem Youngster, wie ich es bin, spazieren geht. Alle Welt wird den süßen Hund, in diesem Falle mich, bewundern. Und so lernt Ihr viele sympathische Leute aller Altersgruppen kennen. Tierliebe Menschen. Denn wer Tiere mag, ist auch zu Menschen freundlich. Das ist meine Erfahrung. In meinem bislang so kurzen Hundeleben.

Während ich, Asterix' Frauchen, diese Zeilen aufschreibe, bin ich einerseits sehr, sehr traurig, weil mein /unser Hund nicht mehr auf der Erde weilt.

Andererseits bin ich sehr dankbar, dass ich, dass wir das alles mit unserem Asterix erleben durften.

Das war eine wunderschöne Zeit in unserem Leben. Unvergesslich!

Asterix, wir vermissen Dich!

Meine erste Reise

Was passiert denn heute? Es ist noch früh. Ich bin
noch müde, ganz verschlafen. Da heißt es schon:
Aufstehen, fressen, trinken, Halsband an, Leine an.
Die neue rote Leine. Das sogenannte Geschirr. Also,
wenn Ihr mich fragt, dann antworte ich: Das wird
eine längere Tour. Ein großer schwarzer Koffer, der
viel Krach macht, wenn man ihn hinter sich her zieht,
kommt auch mit. Und mein grau-roter Transportkorb
auch, gefüllt mit meiner weißen Schlafdecke, meinem
Bär Karli, dem Hund Snoopy, meinem neuen roten
Ball, den ich so gut mit der Schnauze schnappen
kann, meinem Futter und Trinknapf sowie last but not
least mit meinem gewohnten Hundefutter.
Erst fahren wir mit dem Bus. Das kenne ich ja schon!
Nur eine kurze Strecke. Dann steigen wir in die
Eisenbahn ein. Auch nur eine kurze Strecke. Das ist
ja total spannend. Was kommt denn nun noch? Erst

einmal machen wir eine kleine Frühstückspause in Bonn.

Die anderen Fahrgäste auf dem Bahnsteig bewundern mich und meinen Transportkorb. Sie finden es ganz toll, dass wir drei gemeinsam meine erste Reise unternehmen.

Schließlich steigen wir in einen sehr langen Zug. Sehr komfortabel unser Abteil. Der Schaffner fragt nach meinem Transportkorb und erlaubt mir sogar, auf meinem Deckchen auf einem freien Sitz Platz zu nehmen. Das ist super! Ich bin auf Augenhöhe mit Frauchen und Herrchen sowie mit einem netten Herrn, der auch in unserem Abteil sitzt.

Das Zugfahren ist schon drollig:

Ich komme vorwärts , ohne mich selbst zu bewegen.

Das Ganze geht sehr schnell. Mal sehen, was mir diese Reise noch für Überraschungen bringt. Die Landschaft fliegt an uns vorbei. Wiesen, Häuser, Tiere — unheimlich faszinierend!

Von Frauchen bekomme ich ein dickes Lob. „Asterix ist ganz lieb. Er hebt sich seine Geschäftchen auf für die nächste Pause in Hamburg Hauptbahnhof. Das Entsorgen erfolgt mit den mitgebrachten Tüten. Ihr seht: Alles klappt prima. Alles ist gut organisiert!"

Nach zweimaligem Umsteigen erreichen wir unser Ziel: Timmendorfer Strand an der Ostsee. Ein großes Taxi bringt uns drei zu einem schön gelegenen Hotel, von Bäumen und Pflanzen umgeben. Ich finde mich schnell zurecht. Unser großes gemütlich und modern eingerichtetes Zimmer liegt im Erdgeschoss, so . wir schnell Gassi gehen können. Auf der kleinen Terrasse kann ich Luft schnappen, die Passanten beobachten, genauer gesagt: observieren, schnuppern, andere Hunde ins Visier nehmen: „Wuff, wuff!"

Dann ist da noch der Strand, das Meer — einfach herrlich! So viel Sand und so viel Wasser habe ich noch nicht auf einmal gesehen. Ein Paradies. Ein Wunderland für Hunde. Insbesondere für wilde, junge Jack/ Parson Russell Terrier, wie ich einer bin.

Toben, toben, nichts als toben — das ist hier die Devise! Wir Hunde leben voll und ganz im Hier und Jetzt. Wisst Ihr das schon? Das Gestern und das Vorgestern sowie das Morgen und das Übermorgen interessieren uns nicht. Im Augenblick finde ich es jedenfalls toll, in der Sonne herumzutoben. Im Sand zu buddeln, ins Wasser zu laufen. Möwen hinterher zu flitzen und sie doch nicht zu fangen. Egal. Ich laufe und springe in die Luft. Das macht Spaß!

Was ist da eigentlich am Ende des Wassers? Hört da die Erde auf? Fällt man da runter? Auch als kleiner Hund? Alles Fragen, auf die ich Antworten suche. Ich weiß nur eins:

Timmendorfer Strand ist für mich das Seebad, in dem ich zum ersten Mal das Meer gesehen habe.

Timmendorfer Strand ist für mich das Seebad, in dem ich zum ersten Mal den Strand gesehen habe.

Timmendorfer Strand ist für mich das Seebad, in das ich noch einmal, nein mehrmals, fahren möchte!

Nun noch meine Gedanken zum Transportkorb: Warum wir meinen Transportkorb mitnehmen, weiß ich nicht. Der Transportkorb ist wichtig im Zug. Irgendwann erfahre ich den Grund von einem Schaffner: Die Reise mit einem Korb ist für den kleinen Hund kostenfrei. Der Transportkorb stellt eine Rückzugsmöglichkeit dar. So habe ich immer mein Zuhause dabei und kann mich jederzeit dort verstecken! Das habe ich dann auch ein paar Mal ausprobiert. Mit Erfolg! Bevor ich Euch weiter erzähle, erst einmal meine Empfehlungen:

Mein Tipp:

Erstens: Fahrt mit dem Zug und möglichst in einem Abteilwagen mit großen Fenstern. Dann könnt Ihr die Landschaft an Euch vorbeiziehen sehen. Vielleicht auch Tiere: Hühner, Schafe, Kühe — schwarz-weiß gefleckt, wie ich es bin, Pferde, Enten.

Zweitens: Steigt in einem Hotel ab. Praktisch ist es im Erdgeschoss.. Dann ist ein schnelles Gassigehen möglich. Ein Hotel — warum? In einem Hotel kann Euer Hund mehr Kontakte knüpfen als in einer Ferienwohnung. Schon beim Frühstück begegnet Ihr vielleicht anderen Hunden. Oder andere Gäste fragen: „Wie heißt der süße Hund? Wie alt ist er? Und so weiter..."

Wenn das Zimmer eine kleine Terrasse oder einen Balkon hat — möglichst mit Gitterstäben, dann kann der Hund hinausschauen und die Sachlage beobachten bzw. Euch und Euer Zimmer bewachen. Und melden, wenn jemand kommt, z.B. Freunde, wie unsere Freunde aus Hamburg, die uns an der Ostsee besucht haben.

Timmendorfer Strand

Sonntagmorgen, 18. September 2005

Frühstück auf der Terrasse. Auf einem Anwesen, das einst von Walter Gropius, dem Architekten und Gründer des Staatlichen Bauhauses zu Weimar, als Sommerhaus genutzt wurde. Auch wir drei genießen die herrliche Sonne und die gesunde Ostseeluft. Den Blick auf die Ostsee dort irgendwo in der Ferne.

Das ist ein besonderes Stimmungsbild: mediterrane Pflanzen in großen Terracotta-Kübeln — erste bunte Herbstblumen auf den Abhängen.
Eine nette, blonde Dame geht an mir vorbei und streichelt mich direkt.
„Wie heißt Du denn? Wie alt bist Du? Du bist ja süß! So ein richtiger Schmusebär!"
„Ich heiße Asterix, bin gute vier Monate alt und bin kein Bär. Sondern ein Parson Russell Terrier. Darauf bin ich stolz. Sie müssen wissen, das Wort Terrier kommt aus dem Lateinischen von dem Begriff Terra. Dies, weil wir so gerne in der Erde buddeln und auch irgendwie erdgebunden sind." Die blonde Dame schaut mich mit großen Augen an:

„Wo ist denn der Obelix? Warum heißt du nicht Idefix? Das ist doch der Hund von Asterix."
Beinahe hätte ich geantwortet:
„Der Obelix ist nicht fern..." Zumal die blonde Dame ein wenig moppelig ist, doch irgendwie nett und gemütlich dabei.
Nun bin ich so weit gereist, und alle Leute stellen die gleichen Fragen. Da kann ich nur den Kopf schütteln. Aber dass ich hier auch der King bin, das gefällt mir natürlich. Wer hört nicht gerne, wie gut und süß er aussieht?

Auf dem Weg zum Strand und später im Städtchen begegnen uns viele Hunde. Mehr als in Bad Godesberg. Die Hunde haben fantasiereiche Namen wie: Tequila, Uso, Caspar, Kimba, Bonnie, Lola, Cappuccio, Speedy Gonzalez, Conchita etc.

Wir treffen auch viele kleine Kinder. Fast alle fragen meine Menscheneltern oder sogar mich selbst, ob sie mich, den kleinen süßen, weißen Hund mit den hübschen Abzeichen, streicheln dürfen. Dann ist da ein niedliches kleines Mädchen, ganz in Rosa gekleidet, namens Briella.
Mit großen, braunen Kulleraugen schaut sie mich an und fragt:

„Lieber Hund, darf ich Dich streicheln?" Ich bin gerührt. Das ist total lieb, dass sie mich persönlich fragt.

Und ich schaue sie ebenfalls mit meinen großen, braunen Augen mit den kleinen, schwarzen Wimpern an:

„Ja, Briella. Du darfst mich streicheln. Sehr gerne sogar. Mit Deiner lieben, zarten Kinderhand. Wuff, wuff!"

Das war ein besonders zauberhaftes Erlebnis auf der Palmenstraße Timmendorfer Strand. Palmenstraße, weil rund um das Eiscafé Lorenzini lauter Palmen stehen. Dann ist da noch das *Café Wichtig*, das eigentlich Café Engel's-Eck heißt. Wenn man dort sitzt, genießt man die meiste Sonne an der ganzen Ostsee.

Warum *Café Wichtig?* Wenn der Feriengast dort auf einem der schönen, komfortablen Korbsessel eine halbe Stunde sitzt, dann weiß er, wer oder was am Timmendorfer Strand wichtig = in ist.

Eins weiß ich jedenfalls:

Die Farbe Rosa, Rosé, Altrosa, Pink ist hier total angesagt! Das ist die Lieblingsfarbe meines Frauchens Marlis. „La vie en rose" — wie der Franzose so schön sagt. In der Tat, hier muss jeder das Leben durch eine rosarote Brille sehen. Bei diesem herrlichen Sonnenschein in dieser wunderschönen Landschaft mit mediterranem Flair. Wunderschöne Blumen, tolle, elegante Geschäfte, süße gemütliche Cafés, hübsche Hunde. Vor allem hübsche Hündinnen.

Mit gefällt das. Für jeden etwas. Ich denke so bei mir:'Ans Reisen kann ich mich gewöhnen!'

Mein Tipp:

Nehmt Euren Hund immer mit. Er möchte überall dabei sein. Vor allem möchte er bei Euch sein, bei seiner Familie. Das Leben genießen, wie Ihr es tut. Hoffentlich! Wuff!

Nora und Idefix

Bei uns im Park gibt es viele Hunde. Einige gehen hier regelmäßig zu bestimmten Uhrzeiten spazieren, andere tauchen nur von Zeit zu Zeit auf, eher selten. Sehr oft sehe ich Idefix, einen putzigen Zwergschnauzer. In dem bekannten Comic „Asterix" ist Idefix ja der Hund von Asterix, dem starken Gallier. Meine Hundeeltern kannten Idefix schon vor mir, ganz einfach, weil er vor mir geboren wurde und dann schon in unserem schönen Drachensteinpark erschien. Wer weiß, vielleicht ist so mein Name in ihrem Unterbewusstsein entstanden. Toll, wenn das so ist. Denn ich finde meinen Namen sehr schön. Und jeder, der diesen Namen hört, wiederholt ihn mit einem freudigen Klang in der Stimme und gibt den Kommentar: „Der Name passt!".
So bin ich denn wieder einmal sehr froh, dass ich so heiße.
Das Frauchen und das Herrchen von Idefix haben wir Frau und Herr Donnerstag getauft. Dies, weil wir uns zum ersten Mal an einem Donnerstag begegnet sind. Nämlich am 14. Juli 2006, dem französischen Nationalfeiertag. Ihr wisst schon, an diesem Tag

wurde die Bastille in Paris von den Revolutionären erstürmt. Begleitet von der Parole: Freiheit, Gleichheit und Brüderlichkeit. Der Beginn unserer Demokratie. Das alles könnt Ihr in Eurem Geschichtsbuch nachlesen.

Dann treffen wir noch Hündin Nora, eine Berner Sennenhündin, schwarz-weiß. Das an einem Mittwoch, nämlich am 27. Juli 2005. Sie stammt aus der Gegend von St. Goarshausen. Ihr Herrchen heißt also Herr Mittwoch. Natürlich nur bei uns. Nora wie die Nora von Ibsen, die erste emanzipierte Frau in der Literatur. Ich finde Nora süß und tolle mit ihr herum. Ich mag große Hunde und will gar nicht von ihr lassen. Ist sie vielleicht auch emanzipiert?

Mein Tipp:

Liebe Welpen:

Sucht Euch schnell Freunde in Eurer neuen Umgebung. Knüpft Kontakte. Dann könnt Ihr Eure Hundegedanken austauschen.

Liebe Hundebesitzer:

Geht auf andere Hundebesitzer zu und fragt, ob eine Begrüßung mit ihrem Hund möglich ist. So nach dem Motto: Ist er lieb, oder ist sie zickig?

Warum heißt Deine Rasse Jack Russell Terrier?

Das ist die erste Frage, die Zwergschnauzer Idefix, mir bei unserer ersten Begegnung im Drachensteinpark in Bonn-Mehlem stellt.

„Zwergschnauzer, Spitz, Pudel. Schäferhund, Dogge, Yorkshire Terrier — diese Rassenamen leuchten mir alle ein. Aber warum heißt Deine Rasse 'Jack/Parson Russell Terrier'?", fragt Idefix mit einem neugierigen Blick. Total wissbegierig, mein neuer Freund.

Wie ein Schulmeister entgegne ich:
„Also, dann erzähle ich Dir mal was zur Geschichte dieses ungewöhnlichen Rassenamens:
Es war einmal ein sehr beliebter Pastor, der lebte von 1795 bis 1883 — also vor unendlich vielen Jahren — in einer ländlichen Gegend in der Grafschaft Devon im Südwesten von England. Sein Name war Parson John Russell, Rufname Jack. Schon früh entdeckte der kleine Jack seine Passion für die Jagd. Eine Leidenschaft, der er sein Leben lang frönte.

Es war im Jahre 1819, als Jack in der Zeit seines Theologiestudiums in Oxford bei einem Spaziergang einem Milchmann mit einer kleinen weißen Terrierhündin begegnete. Es machte „Peng", und er verliebte sich auf der Stelle in diese Hündin, genannt „Trump". Ganz spontan kaufte er sie und machte sie zur Stammmutter seiner Jack- Russell-Zucht. So wie Jeannette sich in meine Mami Ornella verliebte und sie so zur Stammmutter von uns fünf süßen Russells machte!

So, mein lieber Idefix, jetzt folgt noch ein besonders origineller Satz am Ende meiner Erklärungen zur Geschichte meiner Rasse:

Edel und leicht belehrbar — so erfreut der Jack/Parson Russel Terrier Jäger und vor allem Familie gleichsam."

Plötzlich wusste ich, mein oberstes Ziel ist es, ein guter und lieber Familienhund zu werden! Für Frauchen und Herrchen, Sven-Eric und Christin und für die Enkelkinder!

Mein Tipp:

Bevor Ihr Euch einen Jack Russell oder einen anderen Hund holt, besorgt Euch ein Sachbuch!

Da könnt Ihr Euch sachlich über alles informieren:

- Aussehen der Hunde
- Charaktereigenschaften
- Verhalten
    *eventuelle Schwierigkeiten
- Krankheiten
- Lebenslauf
- Lebenserwartung

Woher stamme ich, und was war ursprünglich meine Aufgabe?

„Lieber Idefix, heute erzähle ich Dir, wer ich bin und welche Aufgabe ich hatte und haben will. Dann weißt Du noch mehr über mich. Das ist sehr wichtig! Denn Du bist mein Freund.

Der Jack Russell Terrier ist ein kleiner, aber sehr intelligenter Hund. Freundlich und mutig.

Das Wort 'Terrier' stammt höchstwahrscheinlich vom lateinischen Wort 'terra' = Erde. Wenn Du mich beobachtest, kannst Du sehen, dass ich immer an der Erde schnüffle und bisweilen in der Erde buddele. Das ist eine meiner Lieblingsbeschäftigungen.

Terrier wurden zum ersten Mal in der englischen Literatur des 16. Jahrhunderts erwähnt. Der Jack Russell Terrier wurde speziell für die Arbeit unter der Erde im Fuchsbau gezüchtet. Daher meine Erscheinung: Ich bin etwa so groß wie eine ausgewachsene Füchsin. Ich bin vorwiegend weiß mit hellbraunen oder schwarzen Flecken = Abzeichen, hauptsächlich am Kopf und am Rutenansatz. Meine braunen Flecken sind manchmal im Gesicht, gepaart mit schwarzen Flecken. Das nennt man in der

Fachsprache tricolor. Meine schwarzen Flecken befinden sich außerdem am Körper in der Mitte und an der Rute.
Es gibt auch Jack Russell, die nur braune Abzeichen, auch im Gesicht und am Körper haben.

In der Familie sprechen wir auch von Energieflecken, weil ich so viel Energie, so viel Temperament habe.
Ihr müsst wissen, die weiße Farbe ist sehr wichtig für einen Russell. So kann man ihn bei der Jagd leichter sehen und von einem Fuchs unterscheiden.
Der Jack Russell Terrier ist einer der wenigen Terrier, der seine Beute nicht tötet, sondern nur verbellen und sprengen soll. Intelligent, wie ich bin und auch sein muss, wäre ich für die Fuchsjagd gut geeignet. Dies, zumal ich mich auch mit Pferden, anderen Hunden und Menschen vertrage.
,Doch ich werde ein Familienhund. Das ist mein Ziel. Ein freundlicher, umgänglicher Familienhund zu sein — dieses Ziel möchte ich in meinem ersten Lebensjahr erreichen. Man kann auch von einem *Familienwolf* sprechen.

Meine erste Begegnung mit Simba

Profil:

Name:	Simba
Lieblingsfarbe:	Jeansblau, Schokobraun
Lieblingssong:	„Afrika" von Ingrid Peters
Lieblingssprache:	Französisch
Lieblingsplatz:	In ihrem Garten an unserem Zaun
Lieblingsübung:	„Assis" zu Deutsch „Sitz"
	„Donne la patte" - „Gib Pfötchen"
Lieblingsspeise:	Poulet = Hähnchen
	carottes = Möhren
Hobbys:	Flirten, träumen

Ein wunderschöner Herbsttag. Ich spiele gerade mit Ivy, einer braunen Pudeldame.
Da in der Ferne unter dem Kastanienbaum ein Hund und zwei Menschen. Ein cremefarbener Hund mit süßen Ohren, die mich ein wenig an die Ohren von Susi aus dem Buch „Susi und Strolch" erinnern. Dann bin ich der Strolch, und sie ist die Susi!
Wir sind am gleichen Tage geboren. Am 05.05.2005. Super!

Sie heißt Simba. Ein Jack Russell Terrier ist auch in ihrer Familie. Und ein Spaniel. Deswegen die süßen Ohren! Vielleicht auch ein Cavalier King Charles.
Wir sind gleich groß, und so macht das Toben besonderen Spaß. Nur frei spielen und rennen ohne Leine können wir nicht. Dann würde Simba wegrennen. Der Jagdtrieb... Ihr wisst schon. Also eine ganz Wilde. Doch ich glaube nicht, dass sie wegrennen würde. Bin ich doch in der Nähe. Dann plötzlich sind Leckerlis im Spiel, und wir machen unsere Übungen. Sind wir doch beide in der Hundeschule, wie wir feststellen.
„Sitz und bleib" = auf Französisch: „Assis et reste". Simbas Frauchen ist nämlich Halbfranzösin. Eigentlich wohnt sie ja ganz in der Nähe. Doch jetzt wohnt sie in der Ferne.
Schade! Schade! Werde ich die süße Simba, das Mädchen mit dem afrikanischen Namen, trotzdem wiedersehen? Ihr Frauchen Amélie verspricht es.
Herr Meyer-Chopin meint auch: „Jetzt kommt Ihr jeden Samstag, nicht wahr?"
Au fein, denke ich so bei mir. Meiner neuen Freundin flüstere ich ganz leise ins Ohr:
„Ich möchte Dich gerne wiedersehen! Ganz bald!"
„Ich Dich auch!", sagt Simba ebenfalls ganz leise.

Wir spielen noch ein Weilchen, bellen und toben, bis wir total außer Atem sind = „A bout de souffle".
Dann setzen wir uns hin, ohne dass jemand uns dazu aufgefordert hat.
Wir schauen uns tief in die Augen und sind ganz versunken.
„Schau mir in die Augen, Kleines!", möchte ich sagen.
Wir vergessen die Welt um uns herum...

Da plötzlich ruft Simbas Frauchen:
„Komm, Simba, komm! Wir müssen nach Hause fahren."
Ein letzter süßer Blick von ihr.
Ein zartes „Au revoir" = „Auf Wiedersehen" von ihr.
Ein tiefer Blick von mir. Ein tiefes „Wiedersehen" von mir.
Ich habe nicht den Mut, sie zu lecken, sie zu küssen...
Was mir bleibt, sind Träume, liebe Gedanken und ein tiefes, zart aufkeimendes Gefühl der Sehnsucht.

Ich habe Schmetterlinge im Bauch...
Ist das Liebe? Ich weiß es nicht.
Was ich weiß, ist, dass ich eine starke Zuneigung zu Simba empfinde.
Ein ganz neues Gefühl zu einem Hundemädchen für mich als junger Parson Russell.

Ich glaube, ich bin verliebt. Ist Simba auch verliebt?
In mich? Zum Spaß nehme ich ein Gänseblümchen und
zähle die Blütenblätter:
„Sie liebt mich, sie liebt mich nicht etc."
Am Ende lande ich bei: „Sie liebt mich!" Super! Mega!

Mein Tipp:
*Das ist ein wunderschönes Gefühl für Hund und
Mensch.*
*Es passiert ganz plötzlich, wenn Hund oder Mensch
überhaupt nicht daran denkt.*
*Es schlägt wie ein Blitz ein und verursacht ein
wahres Donnerwetter!*

Herrlich, wenn man Schmetterlinge im Bauch hat...
*Immer nur an die eine denken, von ihr träumen, ihr in
Gedanken Küsschen schicken.*
Abends vor dem Einschlafen an sie denken.
Morgens nach dem Aufwachen an die eine denken!
Immer nur die eine!

Wir hatten einen Hund, einen **Parson Russell Terrier** namens **Asterix**

Er war unser Herzenshund.
Er bleibt unser Herzenshund.
Für immer!

Danke
an meine Menscheneltern

= Dass Ihr mich so lieb bei Euch aufnehmt
als Familienmitglied,
= fast wie ein Kind,

= dass Ihr für mich sorgt,
mit mir leidet
und Euch mit mir freut
= dafür danke ich Euch mit einem lieben Blick
aus meinen braunen Augen
= einem Hochspringen an Euch zur Begrüßung,
wenn Ihr nach Hause kommt
= einem lieben Wuffwuff
= einem freudvollen Bellen

Euer Asterix, der verspielte Parson Russell Terrier

Danke an Asterix

Wir danken Dir, lieber Asterix,

== dass Du unser Leben bereichert hast,
== dass Du uns begleitet hast auf all unseren Wegen,
== dass Du mich, Dein Frauchen, getröstet hast,
    als unser Herrchen plötzlich so krank wurde,
== dass Du da warst...

für immer
Jetzt in unseren Träumen...

4. Naschkatzen leben länger…
Anja — Eine fantastische Katzengeschichte

Auf der Suche nach der verlorenen Zeit erzählt Katze Anja aus ihrem Katzenalltag. Sie erobert die Herzen ihrer „Katzenmenschen", die mit ihr in einem rosa Haus wohnen. Plötzlich taucht ein naseweiser Streuner auf. Kater Max, ein Vagabund und Filou, ein kleiner Franzose! *„Bei Katzenfreunden klingt eine Saite an, wenn sie Anjas gefühlvoll geschilderte Abenteuer lesen."*
Bonner General-Anzeiger

5. Balsamico
Katze Anjas heimliche Liebe

Max ist gegangen. Samtpfote Anja sitzt am Fenster im rosa Haus am Park und träumt. Wird die süße Naschkatze sich noch einmal verlieben? Da taucht Balsamico auf, ein Halbitaliener mit großer Sehnsucht nach Italien. Doch Balsamico hat ein dunkles Geheimnis… Mit schönen Farbfotos. Eine Liebeserklärung an eine Katze!
„Italo-Lover mit Schnurrbarthaaren
Die Übersetzerin und Autorin Marlis Hornig legt eine vergnügliche Katzengeschichte vor. Diese Geschichte ist das zweite literarische Denkmal, das die ‚tierische' Bonner Autorin ihrer im Mai 2004 verstorbenen Katze Anja setzt." **Bonner Rundschau**

6. Verliebt in Greetsiel
Ein Nordsee-Roman

LIEBE, OSTFRIESENTEE, KRABBEN, WEITE UND NORDSEE
Eigentlich wollten die drei Bonnerinnen nach Mallorca fliegen. Doch dann kommt alles anders, als geplant. Sophie, Singel, 30 Jahre jung, und Marietta, geschieden, allein erziehende Mutter, 40 Jahre, un Odile ihre Tochter, 15 Jahre, landen mit Parson Russell Hündin Jani in Greetsiel. Eine Ferienwohnung direkt am Krabbenkutter-Hafen. Eine Bank — zwei Krabbenbrötchen — ein Foto. Spaziergänge durch Greetsiel, ein Tag auf Juist, ein Tag und eine Nacht auf Langeoog, ein paar Stunden auf Norderney, eine Nacht im Heu. Sie verlieben sich in Greetsiel und nicht nur in Greetsiel…
„Der Roman ist eine Liebeserklärung an das romantische Fischerdorf Greetsiel und an die Nordseeinseln mit einer zarten und zugleich leidenschaftlichen Liebesgeschichte."
Bonner General-Anzeiger

„Ein detailverliebter Wellengang in und um die schöne Nordsee. Wie ein warmer Sommermorgen bis zum fulminanten Endpunkt!"
Eine Leserin

7. **Die Tage in Greetsiel (oder Sommerwein)**

NORDSEEKRABBEN – WIND – WEITE – MEER
Felicitas fährt mit ihrer Tochter Julie und ihrem Parson Russell Terrier Felix nach Greetsiel an der Nordseeküste, um sich zu entspannen und über ihr Leben, ihre Ehe und ihren Beruf nachzudenken.
Da entdeckt Felicitas am Hafen den Mann, den sie vor vielen, vielen Jahren einmal an der italienischen Blumenriviera geliebt hat: Katastrophe!
Eine Liebeserklärung an Greetsiel und an die Insel Norderney.
„Wie ein warmer Sommermorgen bis zum furiosen Endpunkt!" - Rezension einer Leserin

8. **Verliebt in Großenbrode – Ein Ostsee-Roman**

WIND – WELLEN – MEERESRAUSCHEN – SONNE   Um zu vergessen, fährt Luisa mit ihrer Tochter Marie Fleur und ihrer Parson Um zu vergessen, fährt Luisa mit ihrer Tochter Marie Fleur und ihrer Parson Russell Hündin Emma nach Großenbrode an der Ostsee. Da ist der junge Surflehrer Ole, sportlich und lustig, da ist auch der ernste Meeresbiologe Louis Lacoste, dem sie schon einmal begegnet ist. Lust auf ein Abenteuer oder eine ernsthafte Beziehung?
Eine mitreißende Liebesgeschichte vor einer zauberhaften Kulisse.
Eine Liebeserklärung an Großenbrode am Fehmarnsund.

Mehr zu den Büchern der Autorin:

==== Facebook: Herzbücher
Bücher fürs Herz
Verliebt in Greetsiel

In meinem Profil: **Marlis Hornig Autorin**

Webseite der Ferienwohnungen:

Wolkenlos Wolke 7 in   Großenbrode:

facebook: ferienwohnung-Großenbrode Wolkenlos Wolke 7
ostsee-loft-wolkenlos-wolke7
www.traum-ferienwohnungen.de 141195

facebook: ferienwohnung-greetsiel **Skipper Asterix**

www.traum-ferienwohnungen.de 141195
www.traum-ferienwohnungen.de Skipper Asterix

Die Autorin

Nach dem Abitur auf dem Goethe-Gymnasium in Berlin-Lichterfelde studierte Marlis E. Hornig Deutsch, Französisch und Spanisch an der Johannes Gutenberg-Universität zu Mainz, Fachbereich Moderne Sprachen, Sachfach Volkswirtschaft in Germersheim.

Anschließend folgte eine berufliche Laufbahn als Sprachlehrerin und Dolmetscherin/Übersetzerin. In den letzten 20 Jahren war Marlis E. Hornig als Wissenschaftliche Mitarbeiterin im Deutschen Zentrum für Luft- und Raumfahrt tätig.

Im Studium und im Beruf entdeckte Marlis E. Hornig, geborene Welski, Diplom-Dolmetscherin/Übersetzerin und Autorin, ihre Liebe zur Sprache.

Lesen – Schreiben – Malen : ihre Leidenschaften.

Die Autorin ist verheiratet und hat einen Sohn sowie zwei Enkel. Sie fährt gerne mit ihrem Mann und ihrem Parson Russell Terrier Asterix an die Nord- und Ostsee.

Ich liebe Geschichten
zu hören, zu lesen, zu erzählen, zu schreiben.
Ich mag es, Menschen und Tiere zu beobachten.
Ich mag die Jahreszeiten.: Frühling, Sommer, Herbst und Winter
gleichermaßen.

Zum Buch

Zwei wunderschöne, dunkelbraune Augen, eine weiße
Blesse, eine Schnauze wie ein junger Wolf — das ist
Asterix, der junge Parson Russell Terrier.

Auf der Suche nach der verlorenen Zeit erzählt er uns
aus seiner Babyzeit, seine ersten Lebensmonate.
Babytage im Bauernhaus. Umzug zu seiner
Menschenfamilie im rosa Haus am Park, Welpen- und
Erziehungskurs, erster Flirt. Freunde auf zwei und auf
vier Beinen.
Seine erste Reise ans Meer.

Und — wie romantisch — von der ersten großen Liebe
wird berichtet.
Die Auserwählte hat einen afrikanischen Namen
Sie heißt Simba und ist seine Nachbarin.

Liebe Leserinnen und liebe Leser,

lasst Euch verzaubern von einem charmanten kleinen Hund, einem kleinen Wolf, mit einem großen Herzen, einem Babywolf, einem Schmusewolf und Kuschelwolf.

Erlebt gemeinsam mit Asterix spannende und berührende Abenteuer.

Lernt sein Zuhause kennen. Seine Freunde + Freundinnen und …Feinde…
Seine Träume…
Sein erstes Verliebtsein — starke Gefühle für ein süßes weißes Hundemädel von nebenan…

In der Reihe „**Wolf**" sind ebenfalls erschienen:

Schmusewolf
Ein Parson Russell Terrier — unsere Liebe

Kuschelwolf
Ein Parson Russell Terrier erzählt in Worten und
Bildern

Babywolf
Ein Parson Russell Terrier — unsere Liebe

Eine Hommage an unseren lieben

Parson Russell Terrier

Aus dem Siebengebirge Asterix von der Godesburg